머리맡에 두고 읽는 시

■ 이 도서의 국립중앙도서관 출판예정도서목록(CIP)은
서지정보유통지원시스템 홈페이지(http://seoji.nl.go.kr)와
국가자료공동목록시스템(http://www.nl.go.kr/kolisnet)에서 이용하실 수 있습니다.
(CIP제어번호: CIP2020024855)

머리맡에 두고 읽는 시

김용택

이상

네구두뒤축이
눌러놓는자국에
비내려가득괴었으니

마음산책

이상

본명은 김해경. 1910년 서울에서 태어났다. 경성고등공업학교 건축과를 수석으로 졸업하고 조선총독부 건축과 기수로 일했다. 1930년 잡지 〈조선〉에 유일한 장편소설인 『12월 12일』을 이상이라는 필명으로 발표했다. 1934년 〈조선중앙일보〉에 연작시 「오감도」를 발표했으며, 구인회 동인이 되었다. 1936년 일본으로 떠났고 1937년 2월, 사상 불온 혐의로 일본 경찰의 조사를 받던 중 폐결핵이 악화되어 생을 마감했다.

머리맡에 두고 읽는 시 이상
네구두뒤축이눌러놓는자국에비내려가득괴었으니

1판 1쇄 인쇄 2020년 6월 25일
1판 1쇄 발행 2020년 6월 30일

지은이 | 김용택
펴낸이 | 정은숙
펴낸곳 | 마음산책

편집 | 권한라 · 성혜현 · 김수경 · 이복규   디자인 | 최정윤 · 오세라
마케팅 | 권혁준 · 김종민   경영지원 | 박지혜

등록 | 2000년 7월 28일(제13-653호)
주소 | (우 04043) 서울시 마포구 잔다리로 3안길 20
전화 | 대표 362-1452 편집 362-1451   팩스 | 362-1455
홈페이지 | http://www.maumsan.com
블로그 | maumsanchaek.blog.me
트위터 | http://twitter.com/maumsanchaek
페이스북 | http://www.facebook.com/maumsan
전자우편 | maum@maumsan.com

ISBN 978-89-6090-627-3 04810
     978-89-6090-629-7 04810 (세트)

* 책값은 뒤표지에 있습니다.

이상이 없었다면, 없었으면, 그랬다면,
우리 시가 얼마나 허전했을까.

⋮

이상은 지금도 미래다.
형식이 없는 세상이 오리라는 것을 이상은 믿는다.

김소월, 백석, 윤동주,
이상, 이용악의 시선집을 엮다

1

김소월 하면 「진달래꽃」 「초혼」 등 몇 편의 시가 생각난다. 나는 소월의 「엄숙」이 좋다. 이상 하면 「오감도」다. 그러나 나는 이상의 「가정」이라는 시가 좋다. 이상의 시를 읽으며 나는 그가 때로 근대를 넘어 현대를 스쳐 지나가고 있다는 느낌이 들 때가 있다. 백석 하면 「나와 나타샤와 흰 당나귀」가, 윤동주 하면 「서시」가 비켜서지 않은 그들의 정면이다. 이용악의 서럽도록 아름다운 시 「집」이나 「길」 같은 시는 읽히지 않는다. 유명한 시인들의 강렬한 시 몇 편이 다양하고 다채롭고 역동적인 그들의 시 세계를 가로막고 있다.

그럴 수는 없겠지만, 그렇게 되지도 않겠지만, 김소월, 백석, 윤동주, 이상, 이용악 이 다섯 시인에게 고정시켜놓은 시대적, 시적, 인간적인 부동의 정면을 잠시 걷어내고 그들에게 자유의 '날개'를 달아주고 싶었다. 이 시선집을 엮으며 나는 이상이 친근해졌다. 그의 슬픔에는 비굴이 없다.

2

이 다섯 권의 시선집은 시인과 시를 연구한 시집이 아니다. 그냥 읽어서 좋은 시들이다. 누구나 편하게 읽을 시, 읽으면 그냥 시가 되는 시, 시 외에 어떤 선입견도 버린 그냥 '시'였으면 좋겠다. 마음이 어수선할 때, 내 삶을 무슨 말로 정리하고 넘어가고 싶을 때, 간절한 손끝이 가닿는 머리맡에 이 시집들을 놓아드리고 싶다.

3

지금 당신이 애타게 찾는 말이, 당신을 속 시원하게 할 수는 없겠지만, 그럴 수는 없겠지만, 어쩌면 그럴 수도 있을 것이다. 그것이 이 시집이고, 이 시라면, 그러면, 지금의 당신도 저 달처럼 어제와는 다른 날로 한발 다가가거나 아까와는 다른 지금으로 생각의 몸집을 줄일 수 있을 것이다. 내일 아침 새로 디딜 땅을 스스로 만들 수 있는 이는 지금 바로 당신뿐이다.

4

달빛이 싫어 돌아눕고 돌아누워도 해결되지 않은 일이 실은, 달빛 때문이 아니었음을 나중에야 깨닫는다. 그것은 세상이 변해도 낡지 않을 사랑을 찾기 위한 저문 산길 같은 사람의 외로움이다. 철없는 외로움과 쓸데없는 번민들, 버려도 괜찮을 희망을 안쓰럽게 다독여주는, 내 머리맡의 시들, 달빛에 엎디어 읽던 시인들의 시들을 달빛처럼 쓸어 모아 새집을 지어주었다. 그 집은 '한 집안 식구 같은 달'이 뜬 나의 집이기도 하다.

2020년 여름

시인 김용택

◆ 일러두기

1. 이상 시의 원본과 현대어 표기는 『이상 전집 1: 시』와 『이상 전집 4: 수필』(권영민 엮음, 태학사, 2013)을 참고했습니다.

2. 원본 중 한자는 모두 한글로 바꾸었습니다.

3. 원본을 따르되, 일부 맞춤법과 띄어쓰기는 내용을 해치지 않는 범위 내에서 현대어 표기에 맞게 바꾸었습니다.

4. 제목의 경우 해석에 어려움이 있다고 판단되면 한자를 병기했습니다.

차 례

최후

사과한알이떨어졌다. 지구는부서질정도로아팠다. 최후.
이미여하한정신도발아하지아니한다.

이상은 지금도 미래다. 형식이 없는 세상이 오리라는 것을 이상은 믿는다. 질서의 해체는 시와 시인의 생명이다. 어떤 질서도, 질서는 인간의 영혼을 좀먹으며 낡아간다. 그는 기존의 권위가 싫었다. 타파가 그의 일생이었다. 그는 타파 그 자체를 질서로 삼았다. 그의 시적 언어는 매우 현실적이다.

1910년이 어떤 해인가. 그는 이 나라의 '아픈' 해에 태어나 1937년에 죽었다. 한국 나이로 28세였다. 짧으나 기나 한 생임을, 그는 짧은 생으로, 미래를 현실로 증명하였다. 그는 슬픈 사람이었다.

거울

거울속에는소리가없소
저렇게까지조용한세상은참없을것이오

거울속에도 내게 귀가있소
내말을못알아듣는딱한귀가두개나있소

거울속의나는왼손잡이오
내악수를받을줄모르는—악수를모르는왼손잡이오

거울때문에나는거울속의나를만져보지를못하는구료마는
거울이아니었던들내가어찌거울속의나를만나보기만이
라도했겠소

나는지금거울을안가졌소마는거울속에는늘거울속의내
가있소
잘은모르지만외로된사업에골몰할게요

거울속의나는참나와는반대요마는

또꽤닮았소

나는거울속의나를근심하고진찰할수없으니퍽섭섭하오

새벽에 일어나 화장실 거울 속에 둥 뜬 얼굴 하나를 물 끄러미 바라볼 때가 있다.

　저게 나 맞아?

　정말,

　산다는 것은 뭘까?

위의 시는 김용택의 시 「얼굴」 전문이오.

·소·영·위·제·

1

달빛속에있는네얼굴앞에서내얼굴은한장얇은피부가되
어너를칭찬하는내말씀이발음하지아니하고미닫이를간지르
는한숨처럼동백꽃밭내음새지니고있는네머리털속으로기어
들면서모심드키내설움을하나하나심어가네나

2

진흙밭헤매일적에네구두뒤축이눌러놓는자국에비내려
가득괴었으니이는온갖네거짓말네농담에한없이고단한이설
움을곡으로울기전에따에놓아하늘에부어놓는내억울한술잔
네발자국이진흙밭을헤매이며헤뜨려놓음이냐

3

달빛이내등에묻은거적자국에앉으면내그림자에는실고
추같은피가아물거리고대신혈관에는달빛에놀래인냉수가방
울방울젖기로니너는내벽돌을씹어삼킨원통하게배고파이지
러진헝겊심장을들여다보면서어항이라하느냐

'진흙 밭 헤매일 적에 네 구두 뒤축이 눌러놓는 자국에 비 내려 가득 괴었으니 이는 온갖 네 거짓말 네 농담에 한없이 고단한 이 설움을 곡으로 울기 전에 따에 놓아 하늘에 부어놓는 내 억울한 술잔 네 발자국이 진흙 밭을 헤매이며 헤뜨려놓음이냐'.

'달빛이 내 등에 묻은 거적 자국에 앉으면 내 그림자에는 실고추 같은 피가 아물거리고 대신 혈관에는 달빛에 놀래인 냉수가 방울방울 젖기로니 너는 내 벽돌을 씹어 삼킨 원통하게 배고파 이지러진 헝겊 심장을 들여다보면서 어항이라 하느냐'.

나름대로 띄어쓰기를 해보았다. 소영은 여성의 이름이다. 사랑하는 여자와 헤어져야 하는 비통함을 노래했다. 너를 떠나보내는 내 심장은 지금 헝겊같이 엉망진창이 되었는데 어찌 너는 어항이라 하느냐.

꽃나무

벌판한복판에 꽃나무하나가있소 근처에는 꽃나무가하나
도없소 꽃나무는제가생각하는꽃나무를 열심으로생각하는
것처럼 열심으로꽃을피워가지고섰소. 꽃나무는제가생각하
는꽃나무에게갈수없소 나는막달아났소 한꽃나무를위하여
그러는것처럼 나는참그런이상스러운흉내를내었소.

내가 생각하는 꽃나무에게 갈 수 없어서 뒤돌아 달아난다. 그것은 현실이 아니라, 흉내다. 허허벌판에 한 그루의 꽃나무와 그 꽃나무로부터 달아나는 어떤 사람, 이 확연한 그림은 실은, 흉내다. 도망갈 수 없다. 생이 흉내인지 알면 생은 얼마나 슬픈가.

역단易斷*

가정

　문을암만잡아당겨도안열리는것은안에생활이모자라는
까닭이다. 밤이사나운꾸지람으로나를조른다. 나는우리집
내문패앞에서여간성가신게아니다. 나는밤속에들어서서제
웅처럼자꾸만감해간다. 식구야봉한창호어데라도한구석터
놓아다고내가수입되어들어가야하지않나. 지붕에서리가내
리고뾰족한데는침처럼월광이묻었다. 우리집이앓나보다그
러고누가힘에겨운도장을찍나보다. 수명을헐어서전당잡히
나보다. 나는그냥문고리에쇠사슬늘어지듯매어달렸다. 문
을열려고안열리는문을열려고.

---

* 역단易斷이란 '운명에 대한 거역'이라는 뜻으로 해석된다.

'도장'을 찍는 일은 모두 힘에 겨웁다. '수명을 허는' 일이
다. 그러나 〈기생충〉의 송강호 아들처럼 누구라도 다 삶의 슬
픈 계획이 있다. 다 '앓고' 있다.

이상한가역반응

임의의반경의원(과거분사에관한통념)

원내의한점과원외의한점을연결한직선

두종류의존재의시간적영향성
(우리들은이것에관하여무관심하다)

직선은원을살해하였는가

현미경
그밑에있어서는인공도자연과다름없이현상되었다.

×

그날오후

물론태양이있지아니하면아니될곳에존재하고있었을뿐
만아니라그렇게하지아니하면아니될보조를미화하는일도하

지아니하고있었다.

　발달하지도아니하고발전하지도아니하고
　이것은분노이다.

　철책밖의하얀대리석건축물이웅장하게서있었다
　진진5″각 바아의나열에서
　육체에대한처분법을센티멘탈리즘하였다.

　목적이있지아니하였더니만큼 냉정하였다

　태양이땀에젖은잔등을내리쬐었을때
　그림자는잔등전방에있었다

　사람은말하였다
　"저변비증환자는부잣집으로소금을얻으러들어가고자희
망하고있는것이다."
　라고
　……………………

가역반응이란? 화학반응에서, 본디의 물질에서 생성물이 생기는 반응과 생성물에서 본디의 물질이 생기는 반응이 동시에 일어나는 것을 말한다. 본디란? 사물의 맨 처음 바탕을 말한다.

　'발달하지도아니하고발전하지도아니하고
　이것은분노이다.'

　이 말이 정말 재미있다. 지금 나의 현실 같아서 말이다. 새로운 분노가 치솟는다.

파편의경치

―△은나의AMOUREUSE이다

나는하는수없이울었다

전등이담배를피웠다

▽은1/W이다

×

▽이여!나는괴롭다

나는유희한다

▽의슬립퍼는과자와같지아니하다

어떻게나는울어야할것인가

×

쓸쓸한들판을생각하고

쓸쓸한눈내리는날을생각하고

나의피부를생각지아니한다

기억에대하여나는강체이다

정말로
"같이노래부르세요"
하면서나의무릎을때렸을터인일에대하여
▽은나의꿈이다

스틱크! 자네는쓸쓸하며유명하다

어찌할것인가

                    ×

마침내▽을매장한설경이었다

이상의 시를 읽을 때마다 드는 생각이나 하는 말은 같다.

"나는 이상을 몰라."

그러면, 나는 "이상도 사람인데, 사람 속을 왜 몰라" 하고 이어서 말한다. "사람이 어떻게 남의 속을 다 알아. 뭐 하게 다 알라고 혀." 그리고 이렇게 말한다. 우리는 우리의 삶을, 어떻게 '울어야 할 것인가.' '하는 수' 없이.

AMOUREUSE은 프랑스어다. 이상은 다른 시에서도 프랑스어를 썼다. 해석하자면 '애인'이라는 뜻이다. 딸이 찾아주었다.

▽의유희

―△은나의AMOUREUSE이다

종이로만든배암이종이로만든배암이라고하면

▽은배암이다

▽은춤을추었다

▽의웃음을웃는것은파격이어서우스웠다

슬립퍼가땅에서떨어지지아니하는것은너무소름이끼치
는일이다

▽의눈은동면이다

▽은전등을삼등태양인줄안다

×

▽은어디로갔느냐

여기는굴뚝꼭대기냐

나의호흡은평상적이다

그러한데탕그스텐은 무엇이냐

(그무엇도아니다)

굴곡한직선

그것은백금과반사계수가상호동등하다

▽은테에블밑에숨었느냐

          ×

1

2

3

3은공배수의정벌로향하였다

전보는오지아니하였다

시는 낱말과 낱말 사이 보이지 않는 선으로 복잡하게 이어져 뜻을 만들고 행을 만든다. 한 자 한 자 한 행 한 행 천천히 읽다 보면 뚜렷하지는 않지만, 무슨 말을 하는지 미미하게 그 뜻이, 그 의도가 내게 번지기도 한다. 이미지는 보이지 않는 전선줄이다.

　'3은공배수의정벌로향하였다

　전보는오지아니하였다'.

　3이 도대체 무엇을 정벌하러 간단 말인가?

이런시

역사를하노라고 땅을파다가 커다란돌을하나 끄집어내어
놓고보니 도무지어디서인가 본듯한생각이들게 모양이생겼
는데 목도들이 그것을메고나가더니 어디다갖다버리고온모
양이길래 쫓아나가보니 위험하기짝이없는큰길가더라.

그날밤에 한소나기하였으니 필시그돌이깨끗이씻겼을터
인데 그이튿날가보니까 변괴로다 간데온데없더라. 어떤돌
이와서 그돌을업어갔을까 나는참이런처량한생각에서 아래
와같은작문을지었도다.

'내가 그다지 사랑하던 그대여 내한평생에 차마 그대를
잊을수없소이다. 내차례에 못올사랑인줄은 알면서도 나혼
자는 꾸준히생각하리다. 자그러면 내내어여쁘소서.'

어떤돌이 내얼굴을 물끄러미 치어다보는것만같아서 이
런시는 그만찢어버리고싶더라.

'내가 그다지 사랑하던 그대여 내한평생에 차마 그대를 잊을수없소이다. 내차례에 못올사랑인줄은 알면서도 나혼자는 꾸준히생각하리다. 자그러면 내내어여쁘소서.'

누가 업어가버린 돌을 두고 지은 작문치고, 정말 아름답네요. '내 차례에 못 올' 사랑이라니.

수염

—(수·수·그밖에수염일수있는것들·모두를이름)

1

눈이있어야하지아니하면아니될자리에는삼림인웃음이
존재하고있었다

2

홍당무

3

아메리카의유령은수족관인데대단히유려하다
그것은음울하기도하다

4

계류에서—

건조한식물성인

가을

5

일소대의군인이동서의방향으로전진하였다고하는것은
무의미한일이아니면아니된다
운동장이파열하고균열될따름이니까

6

삼심원

7

조를그득넣은밀가루포대
간단한수유의달밤이었다

8

언제나도둑질할것만을계획하고있었다

그렇지는아니하였다고한다면적어도구걸이기는하였다

9

소한것은밀한것의상대이며또한

평범한것은비범한것의상대이었다

나의신경은창녀보다도더욱정숙한처녀임을바라고있었다

10

말—

땀—

나는, 사무로 써산보로하여도무방하도다

나는, 하늘의푸르름에지쳤노라이같이폐쇄주의로다

'삼심원'의 뜻을 찾아보았다. 삼심원이란? 세 개의 중심을 가지고 연결된 원. 이 모양으로 설계된 경기장은 축구장으로 사용하기에 편리하다.

'말—

땀—'.

이 말의 뜻을 나는 알 것만 같다. 인생이 늘 알 것만 같이 어렴풋하지만 말이다.

BOITEUX · BOITEUSE

긴것

짧은것

열십자

       ×

   그러나 CROSS에는 기름이묻어있었다

   추락

   부득이한평행

   물리적으로아펐었다
   (이상평면기하학)

×

오렌지

대포

포복

×

　만약자네가중상을입었다할지라도피를흘리었다고한다면멋적은일이다.

오—
침묵을타박하여주면좋겠다
침묵을여하히타박하여나는홍수처럼소란할것인가
침묵은침묵이냐

메스를갖지아니한다하여의사일수없는것일까

천체를잡아찢는다면소리쯤은나겠지

나의보조는계속된다

언제까지도나는시체이고자하면서시체이지아니할것인가

'BOITEUX·BOITEUSE'는 프랑스어란다. 알파벳이면 모두 영어로 아는 내가 어찌 프랑스어를 알랴. 딸에게 물어보았더니, 아니나 다를까. "아빠는 알파벳은 다 영어로 아는구나?" 하고 어디서 많이 들은 말투로 나를 보며 웃는다.

번역하자면 이렇단다. 운율이 맞지 않은 시구, 불안정한 평화, 균형을 잃은 계획, 흔들리는 의자, 불구자. 이런 많은 뜻이 있는 말이란다. 이상, 하면 떠오르는 이상의 그 어떤 이미지와 같지 않은가?

'CROSS'는 영어로 말하면 십자가고 프랑스어로는 자전거· 오토바이 경주고 스페인어로는 크로스컨트리의 자전거 경주다. 독일어로는 테니스공을 상대 코트에 대각선으로 치는 것이란다. 이상은 재미있게 복잡한 시인이다.

공복—

　바른손에과자봉지가없다 고해서
　왼손에쥐여있는과자봉지를찾으려지금막온길을오리나
되돌아갔다

　　　　　　×

　이손은화석이되었다

　이손은이제는이미아무것도소유하고싶지도않는소유한
물건의소유된것을느끼기조차하지아니한다

　　　　　　×

　지금떨어지고있는것이눈이라고하면지금떨어진내눈물
은눈이어야할것이다

　나의내면과외면과

이계통인모든중간들은지독히춥다

좌 우
이양측의손들이서로의리를저버리고 두번다시악수하는
일은없고
곤란한노동만이가로놓여있는이치워가지아니하면아니
될길에서독립을고집하기는하나
추우리로다
추우리로다

         ×

누구는나를가리켜고독하다고하는가
이군웅할거를보라
이전쟁을보라

         ×

나는그들의알력의발열의한복판에서혼수한다
심심한세월이흐르고나는눈을떠본즉
시체도증발한다음의고요한달밤을나는상상한다

천진한촌락의축견들아 짖지말게나

내체온은적당스럽거니와

내희망은감미로움다.

이상은 건축가다. 건축은 생각을 사물로 옮겨 가장 확실한 모양을 완성해내는 일이다. 생각이 현실로 나타나지 않을 때도 있다.

　'이건'의 뜻은 건축물을 옮겨 짓거나 세운다는 건축 용어인 모양이다. 처음 듣는 말이다. 이상의 시 속에 처음 듣는 생소한 말들이 어디 이뿐인가.

　'천진한촌락의축견들아 짖지말게나

　　내체온은적당스럽거니와

　　내희망은감미로움다'.

　자신 있게 세상을 비웃고, 자신만만하게 자신을 긍정한다.

1933, 6, 1

천칭우에서 삼십년동안이나 살아온사람 (어떤과학자) 삼십만개나넘는 별을 다헤어놓고만 사람 (역시) 인간칠십 아니이십사년동안이나 뻔뻔히살아온 사람 (나)

나는 그날 나의자서전에 자필의부고를 삽입하였다 이후 나의육신은 그런고향에는있지않았다. 나는 자신나의시가 차압당하는꼴을 목도하기는 차마 어려웠기때문에.

'천칭'은, 한의사들이 쓰는 저울이다. 천칭은 또 별자리 이름이기도 하다. 알면 다친다는 말이 있다. 내가 이상의 글을 아는 체하다가 자칫 '나의 시가 차압당하는' 꼴을 볼지도 모른다.

보통기념

시가에 전화가일어나기전
역시나는 '뉴톤'이 가르치는 물리학에는 퍽무지하였다

나는 거리를 걸었고 점두에 평과 산을보면은매일같이 물
리학에 낙제하는 뇌수에피가묻은것처럼자그만하다

계집을 신용치않는나를 계집은 절대로 신용하려들지 않
는다 나의 말이 계집에게 낙체운동으로 영향되는일이없었다

계집은 늘내말을 눈으로들었다 내말한마디가 계집의눈
자위에 떨어져 본적이없다

기어코 시가에는 전화가일어났다 나는 오래 계집을잊었
었다 내가 나를 버렸던까닭이었다

주제도 더러웠다 때끼인 손톱은길었다
무위한일월을 피난소에서 이런일 저런일

‘우라까에시’(이반) 재봉에 골몰하였느니라

종이로 만든 푸른솔잎가지에 또한 종이로 만든흰학동체
한개가 서있다 쓸쓸하다

화로가햇볕같이 밝은데는 열대의 봄처럼 부드럽다 그한
구석에서나는지구의 공전일주를 기념할줄을 다알았더라

무슨 말인지 모르겠는데 무슨 말인지 알겠다.

'계집은 늘내말을 눈으로들었다 내말한마디가 계집의눈자
위에 떨어져 본적이없다'.

이 말은 어렴풋이 내 연애의 기억을 떠올리게 한다.

정식

정식

I

해저에가라앉는한개닻처럼소도가그구간속에멸형하여
버리더라완전히닳아없어졌을때완전히사망한한개소도가위
치에유기되어있더라

정식

II

나와그아지못할험상궂은사람과나란히앉아뒤를보고있
으면기상은다몰수되어없고선조가느끼던시사의증거가최후
의철의성질로두사람의교제를금하고있고가졌던농담의마지
막순서를내어버리는이정돈한암흑가운데의분발은참비밀이
다그러나오직그알지못할험상궂은사람은나의이런노력의기

색을어떻게살펴알았는지그때문에그사람이아무것도모른다
하여도나는또그때문에억지로근심하여야하고지상맨끝정리
인데도깨끗이마음놓기참어렵다

정 식

III

웃을수있는시간을가진표본두개골에근육이없다

정 식

IV

너는누구냐그러나문밖에와서문을두다리며문을열라고
외치니나를찾는일심이아니고또내가너를도무지모른다고한
들나는차마그대로내어버려둘수는없어서문을열어주려하나
문은안으로만고리가걸린것이아니라밖으로도너는모르게잠
겨있으니안에서만열어주면무엇을하느냐너는누구기에구태
여닫힌문앞에탄생하였느냐

정식

V

키가크고유쾌한수목이키작은자식을낳았다궤조가평편
한곳에풍매식물의종자가떨어지지만냉담한배척이한결같이
관목은초엽으로쇠약하고초엽은하향하고그밑에서청사는점
점수척하여가고땀이흐르고머지않은곳에서수은이흔들리고
숨어흐르는수맥에말뚝박는소리가들렸다

정식

VI

시계가뻐꾸기처럼뻐꾹거리길래쳐다보니목조뻐꾸기하
나가와서모으로앉는다그럼저게울었을리도없고제법울까싶
지도못하고그럼아까운뻐꾸기는날아갔나

「정식」이라는 시를 천천히 읽고 또 읽고 또 '정식'으로 몇 번 더 읽어도, '지상맨끝정리인데도깨끗이마음놓기참어렵다' 이 문구가 내 생각의 머리채를 잡아당기며 다른 생각을 꼼짝 못 하게 하더라.

지비 紙碑

내키는커서다리는길고왼다리아프고안해키는적어서다
리는짧고바른다리가아프니내바른다리와안해왼다리와성한
다리끼리한사람처럼걸어가면아아이부부는부축할수없는절
름발이가되어버린다무사한세상이병원이고꼭치료를기다리
는무병이끝끝내있다

이상은 키가 컸다고 한다. 이 시의 행을 바꾸거나, 띄어쓰기를 하면 여느 시처럼 보여서 시가 되지 않을 것 같다. 다음 페이지의 시 「지비」와 이 시 「지비」는 관련이 있다.

지비紙碑
―어디갔는지모르는안해―

○지비 1

안해는 아침이면 외출한다 그날에 해당한 한남자를 속이
려가는것이다 순서야 바뀌어도 하루에한남자이상은 대우
하지않는다고 안해는 말한다 오늘이야말로 정말돌아오지
않으려나보다하고 내가 완전히 절망하고나면 화장은있고
인상은없는얼굴로 안해는 형용처럼 간단히돌아온다 나는
물어보면 안해는 모두솔직히 이야기한다 나는 안해의일기
에 만일 안해가나를 속이려들었을때 함직한속기를 남편된
자격밖에서 민첩하게대서한다

○지비 2

안해는 정말 조류였던가보다 안해가 그렇게 수척하고 거
벼워졌는데도 날으지못한것은 그손가락에 끼기웠던 반지
때문이다 오후에는 늘 분을바를 때 벽한겹걸러서 나는 조
롱을 느낀다 얼마안가서 없어질때까지 그 파르스레한주둥

이로 한번도 쌀알을 쪼으려들지않았다 또 가끔 미닫이를열
고 창공을 쳐다보면서도 고운목소리로 지저귀려 들지않았
다 안해는 날을줄과 죽을줄이나 알았지 지상에 발자국을
남기지않았다 비밀한발은 늘버선신고 남에게 안보이다가
어느날 정말 안해는 없어졌다 그제야 처음방안에 조분내음
새가 풍기고 날개퍼덕이던 상처가 도배위에 은근하다 헤뜨
러진 깃부스러기를 쓸어모으면서 나는 세상에도 이상스러
운것을얻었다 산탄 아아안해는 조류이면서 염체 닭과같은
쇠를삼켰더라 그리고 주저앉았었더라 산탄은 녹슬었고 솜
털내음새도 나고 천근무게더라 아아

○지비 3

이방에는 문패가없다 개는이번에는 저쪽을 향하여짖는
다 조소와 같이 안해의벗어놓은 버선이 나같은공복을표정
하면서 곧걸어갈것같다 나는 이방을 첩첩이닫치고 출타한
다 그제야 개는 이쪽을향하여 마지막으로 슬프게 짖는다

시인 이상이 죽은 해가 1937년이니, 정확하게 83년 전이다. 그때 쓴 시가 2020년 젊은 시인들의 시에 전혀 '뒤지지' 않는다.

'안해의벗어놓은 버선이 나같은공복을표정하면서 곧걸어 갈것같다'.

'공복을 표정하'다니?

가외가전街外街傳

훤조때문에마멸되는몸이다. 모두소년이라고들그리는데
노야인기색이많다. 혹형에씻기워서산반알처럼자격너머로
튀어오르기쉽다. 그러니까육교위에서또하나의편안한대륙
을내려다보고근근히산다. 동갑네가시시거리며떼를지어담
교한다. 그렇지않아도육교는또월광으로충분히천칭처럼제
무게에끄덱인다. 타인의그림자는위선넓다. 미미한그림자
들이얼떨김에모조리앉아버린다. 앵도가진다. 종자도연멸
한다. 정탐도흐지부지—있어야옳을박수가어째서없느냐.
아마아버지를반역한가싶다. 묵묵히—기도를봉쇄한체하고
말을하면사투리다. 아니—이무언이훤조의사투리리라. 쏟
으려는노릇—날카로운신단이싱싱한육교그중심한구석을
진단하듯어루만지기만한다. 나날이썩으면서가리키는지향
으로기적히골목이뚫렸다. 썩는것들이낙차나며골목으로
몰린다. 골목안에는치사스러워보이는문이있다. 문안에는
금니가있다. 금니안에는추잡한혀가달린폐환이있다. 오—
오—. 들어가면서나오지못하는타입깊이가장부를닮는다.
그위로짝바뀐구두가비철거린다. 어느균이어느아랫배를앓

게하는것이다. 질다.

　반추한다. 노파니까. 맞은편평활한유리위에해소된정체를도포한졸음오는혜택이뜬다. 꿈—꿈—꿈을짓밟는허망한노역—이세기의곤비와살기가바둑판처럼널리깔렸다. 먹어야사는입술이악의로꾸긴진창위에서슬며시식사흉내를낸다. 아들—여러아들—노파의결혼을걷어차는여러아들들의육중한구두—구두바닥의징이다.

　층단을몇벌이고아래로내려가면갈수록우물이드물다. 좀지각해서는텁텁한바람이불고—하면학생들의지도가요일마다채색을고친다. 객지에서도리없어다수굿하던지붕들이어물어물한다. 즉이취락은바로여드름돋는계절이래서으쓱거리다잠꼬대위에더운물을붓기도한다. 갈—이갈때문에견디지못하겠다.

　태고의호수바탕이던지적이짜다. 막을버틴기둥이습해들어온다. 구름이근경에오지않고오락없는공기속에서가끔편도선들을앓는다. 화폐의스캔달—발처럼생긴손이염치없이노파의통고하는손을잡는다.

눈에띄우지않는폭군이잠입하였다는소문이있다. 아기들이번번이애총이되고되고한다. 어디로피해야저어른구두와어른구두가맞부딪는꼴을안볼수있으랴. 한창급한시각이면가가호호들이한데어우러져서멀리포성과시반이제법은은하다.

여기있는것들모두가그방대한방을쓸어생긴답답한쓰레기다. 낙뢰심한그방대한방안에는어디로선가질식한비둘기만한까마귀한마리가날아들어왔다. 그러니까강하던것들이역마잡듯픽픽쓰러지면서방은금시폭발할만큼정결하다. 반대로여기있는것들은통요사이의쓰레기다.

간다. '손자'도탑재한객차가방을피하나보다. 속기를펴놓은상궤위에알뜰한접시가있고접시위에삶은계란한개―포-크로터뜨린노란자위겨드랑에서난데없이부화하는훈장형조류―푸드덕거리는바람에방안지가찢어지고빙원위에좌표잃은부첩떼가난무한다. 궐련에피가묻고그날밤에유곽도탔다. 번식한고거짓천사들이하늘을가리고온대로건넌다. 그러나여기있는것들은뜨뜻해지면서한꺼번에들떠든다. 방대한방은속으로곪아서벽지가가렵다. 쓰레기가막붙는다.

한 가지만 알고 가자. '훤조喧噪'는 시끄럽게 지껄이며 떠들
다, 라는 낱말이다. 어디서 이런 말을 찾아서 썼는지, 거의 기
괴하도다. 인내를 가지고 천천히 읽어보면 이런 이상한 '짠'맛
도 볼 수 있다.

'태고의호수바탕이던지적이짜다.'

명경

여기 한페—지 거울이있으니
잊은계절에서는
옛은머리가 폭포처럼내리우고

울어도 젖지않고
맞대고 웃어도 휘지않고
장미처럼 착착 접힌
귀
들여다보아도 들여다 보아도
조용한세상이 맑기만하고
코로는 피로한 향기가 오지 않는다.

만적 만적하는대로 수심이평행하는
부러 그러는것같은 거절
우편으로 옮겨앉은 심장일망정 고동이
없으란법 없으니

설마 그러랴? 어디촉진……
하고 손이갈때 지문이지문을 가로막으며
선뜩하는 차단뿐이다.

오월이면 하루 한번이고
열번이고 외출하고 싶어하더니
나갔던 길에 안돌아오는수도있는법

거울이 책장같으면 한장 넘겨서
맞섰던 계절을 만나련만
여기있는 한페-지
거울은 페-지의 그냥표지—

이 시를 읽으면서 나는 이상하게도 『제주에서 혼자 살고 술은 약해요』를 쓴 이원하의 시들이 생각난다.

'들여다보아도 들여다 보아도

조용한세상이 맑기만하고

코로는 피로한 향기가 오지 않는다.

(…)

오월이면 하루 한번이고

열번이고 외출하고 싶어하더니

나갔던 길에 안돌아오는수도있는법'.

거리
—여인이 출분한경우—

　백지위에한줄기철로가깔려있다. 이것은식어들어가는마음의도해다. 나는매일허위를담은전보를발신한다. 명조도착이라고. 또나는나의일용품을매일소포로발송하였다. 나의생활은이런재해지를닮은거리에점점낯익어갔다.

'명조도착'이라는 말은 달아난 내 여인에게 내일 아침까지
도착한다는 뜻일 것이다. 시의 부제를 읽다가 나는 웃었다. 아
니 웃음이 웃음 속에서 나왔다.

　　—'여인이 출분한 경우'—

역단易斷
아침

   캄캄한공기를마시면폐에해롭다. 폐벽에끄름이앉는다. 밤새도록나는옴살을앓는다. 밤은참많기도하더라. 실어내가기도하고실어들여오기도하고하다가잊어버리고새벽이된다. 폐에도아침이켜진다. 밤사이에무엇이없어졌나살펴본다. 습관이도로와있다. 다만내치사한책이여러장찢겼다. 초췌한결론위에아침햇살이자세히적힌다. 영원히그크고없는밤은오지않을듯이.

시인 이상의 아침은 이러하였다.

'초췌한결론위에아침햇살이자세히적힌다.'

여기다가 나는 다른 어떤 말도 얹기 싫다.

역단易斷

화로

　방거죽에극한이와닿았다. 극한이방속을넘본다. 방안은
견딘다. 나는독서의뜻과함께힘이든다. 화로를꽉쥐고집의
집중을잡아땡기면유리창이움폭해지면서극한이혹처럼방을
누른다. 참다못하여화로는식고차겁기때문에나는적당스러
운방안에서쩔쩔맨다. 어느바다에조수가미나보다. 잘다져
진방바닥에서어머니가생기고어머니는내아픈데에서화로를
떼어가지고부엌으로나가신다. 나는겨우폭동을기억하는데
내게서는억지로가지가돋는다. 두팔을벌리고유리창을가로
막으면빨래방망이가내등의더러운의상을뚜들긴다. 극한을
걸커미는어머니—기적이다. 기침약처럼따끈따끈한화로를
한아름담아가지고내체온위에올라서면독서는겁이나서근드
박질을친다.

'나는 독서의 뜻과 함께 힘이 든다.'

띄어쓰기를 해보았다. 어느 추운 겨울밤이다. 이상의 외로움이, 내 외로움과는 다르지만, 같은 길 끝에 그가 무거운 외로움을 질질 끌고 가고 있다.

위독

절벽

꽃이보이지않는다. 꽃이향기롭다. 향기가만개한다. 나는 거기묘혈을판다. 묘혈도보이지않는다. 보이지않는묘혈속 에나는들어앉는다. 나는눕는다. 또꽃이향기롭다. 꽃은보이 지않는다. 향기가만개한다. 나는잊어버리고재처거기묘혈 을판다. 묘혈은보이지않는다. 보이지않는묘혈로나는꽃을 깜빡잊어버리고들어간다. 나는정말눕는다. 아아. 꽃이또향 기롭다. 보이지도않는꽃이—보이지도않는꽃이.

이상이 없었다면, 없었으면, 그랬다면, 우리 시가 얼마나 허전했을까. 그는 텅 빌 뻔한 우리의 시 역사를 꽉 채워주었다. 나는 이상의 시를 읽으면서, 몇 번이고 가슴이 벅차올라 크게 숨을 들이마셨다가 내쉬곤 했다. 그의 시는 나의 호흡을 길게 했다. 때로 나는 호흡을 중단하고 그의 '묘혈' 속에 눕는다.

한개의밤

여울에서는도도한소리를치며
비류강이흐르고있다.
그수면에아른아른한자색층이어린다.

십이봉봉우리로차단되어
내가서성거리는훨씬뒤까지도이미황혼이깃들어있다
으스름한대기를누벼가듯이
지하로지하로숨어버리는하류는검으틱틱한게퍽은싸늘
하구나.

십이봉사이로는
빨갛게물든노을이바라보이고

종이울린다.

불행이여
지금강변에황혼의그늘

땅을길게뒤덮고도 오히려남을손불행이여

소리날세라신방에창장을치듯

눈을감은자 나는 보잘것없이낙백한사람.

이젠아주어두워들어왔구나

십이봉사이사이로

하마별이하나둘모여들기시작아닐까

나는그것을보려고하지않았을뿐

차라리초원의어느한점을응시한다.

문을닫은것처럼캄캄한색을띠운채

이제비류강은무겁게도도사려앉는것같고

내육신도천근

주체할도리가없다.

좋은 시는 시대를 뛰어넘어 늘 현대다. 늘 현실이다. 지금이다. 이상의 시를 나는 풀이할 수 없다. 그러나 그의 기운은 내게 차고 넘친다.

어젯밤 일찍 자서 오전 1시쯤 일어났다(오전 1시를 새벽이라고 말할 수 없다). 마당을 지나 서재로 들어왔다. 방문을 열기 전에 하늘을 올려다보았다. 5월의 밤하늘은 서늘하고, 별들이 눈물을 눈가로 모아 초롱거리고 있다. 2020년, 지금 지구는 슬프다. 나는 이상의 시를 읽기 시작했다. 5시가 가까워오자 다시 잠이 온다. 책들 속에 누워 잤다.

이상의 친구 구본웅이 그린 이상의 그림이 생각났다. 담배 연기 흘러가는 그 그림이 〈문학사상〉 창간호 표지다.

회한의 장

가장 무력한 사내가 되기 위해 나는 얼금뱅이였다
세상에 한 여성조차 나를 돌아보지는 않는다
나의 나태는 안심하다

양팔을 자르고 나의 직무를 회피한다 더는 나에게 일을
하라는 자는 없다
내가 무서워하는 지배는 어디에서도 찾아볼 수 없다

역사는 지겨운 짐이다
세상에 대한 사표 쓰기란 더욱 무거운 짐이다
나는 나의 글자들을 가둬 버렸다
도서관에서 온 소환장을 이제 난 읽지 못한다

나는 이젠 세상에 맞지 않는 입성이다 봉분보다도 나의
의무는 많지 않다
나에게 그 무엇을 이해해야 하는 고통은 깡그리 없어졌다

나는 아무것도 보지는 않는다

바로 그렇기에 나는 아무것에게도 또한 보이진 않을 게다

비로소 나는 완전히 비겁해지기에 성공한 셈이다

'나의 나태는 안심하다'.

'내가 무서워하는 지배는 어디에서도 찾아볼 수 없다'.

'세상에 대한 사표 쓰기란 더욱 무거운 짐이다'.

'나는 이젠 세상에 맞지 않는 입성이다'.

'역사는 지겨운 짐이다'.

'비로소 나는 완전히 비겁해지기에 성공한 셈이다'.

삼차각설계도
선에관한각서 5

    사람은빛보다빠르게달아나면사람은빛을보는가, 사람은
빛을본다, 연령의진공에있어서두번결혼한다, 세번결혼하
는가, 사람은빛보다도빠르게달아나라.

    미래로달아나서과거를본다, 과거로달아나서미래를보는
가, 미래로 달아나는것은과거로달아나는것과같은것이아니
고미래로달아나는것이과거로달아나는것이다. 확대하는우
주를우려하는자여, 과거에살으라, 빛보다도빠르게미래로
달아나라.

    사람은다시한번나를맞이한다, 사람은보다젊은나를적어
도만나기는한다, 사람은세번나를맞이한다, 사람은젊은나를
적어도만나기는한다, 사람은편하게기다리라, 그리고파우스
트를즐기거라, 메피스트는나에게있는것도아니고나이다.

    속도를조절하는날사람은나를모은다, 무수한나는말하
지아니한다, 무수한과거를경청하는현재를과거로하는것은

순식간이다, 자꾸만반복되는과거, 무수한과거를경청하는무수한과거, 현재는오직과거만을인쇄하고과거는현재와일치하는것은그것들의복수의경우에있어서도구별될수없는것이다.

연상은처녀로하라, 과거를현재로알라, 사람은옛것을새것으로아는도다, 건망이여, 영원한망각은망각을모두구한다.

내도할나는그때문에무의식중에사람에일치하고사람보다도빠르게나는달아난다, 새로운미래는새로웁게있다, 사람은빠르게달아난다, 사람은빛을드디어선행하고미래에서과거를기다린다, 우선사람은하나의나를맞이하라, 사람은전등형에있어서나를죽이라.

사람은전등형의체조의기술을습득하라, 그렇지않다면사람은과거의나의파편을여하히할것인가.

사고의파편을반추하라, 그렇지않으면새로운것은불완전하다, 연상을죽이라, 하나를아는자는셋을아는것을하나를아는것의다음으로하는것을그만두어라, 하나를아는것의다음은하나를아는것을할수있게하라.

사람은한꺼번에한번을달아나라, 최대한달아나라, 사람
은두번분만되기전에××되기전에조상의조상의조상의성운
의성운의성운의태초를미래에서보는두려움으로하여사람은
빠르게달아나는것을유보한다, 사람은달아난다, 빠르게달
아나서영원에살고과거를애무하고과거로부터다시그과거에
산다, 동심이여, 동심이여, 충족될수없는영원의동심이여.

'미래로 달아나서 과거를 본다, 과거로 달아나서 미래를 보는가, 미래로 달아나는 것은 과거로 달아나는 것과 같은 것이 아니고 미래로 달아나는 것이 과거로 달아나는 것이다. 확대하는 우주를 우려하는 자여, 과거에 살으라, 빛보다도 빠르게 미래로 달아나라.'

띄어쓰기를 해보았다.

'확대하는 우주를 우려하는 자여,'라는 이 구절은 2020년 봄을 지나는 우리들에게 많은 시사점을 던진다. 코로나19의 출몰은 물질문명의 '확대'에 대한 자연의 강한 반발이다.

무제

(1)

고왕의 땀…….

베수건에 씻기인…….

술잔에 넘치는 물이 콘크리트 하수도를 흐르고 있는 것이 말할 수 없이 그리워 나는 매일 아침 그 철조망 밖을 서성거렸다.

기괴한 휘파람 소리가 아침 이슬을 궁글렸다.

그리고 순백의 유니폼 그 소프라노의.

나의 산책은 자꾸만 끊이기 쉬웠다.

십 보 혹은 사 보, 마지막엔 일 보의 반 보…….

눈을 떴을 때는 전등이 마지막 걸치고 있는 옷을 벗어 던지고 있는 참이었다.

땀이 꽃 속에서 꽃을 피우고 있었다.

문밖을 나섰을 때 열풍이 나의 살갗을 빼앗았다.

기러기의 분열과 나란히 떠나는 낙엽의 귀향, 산병들……. 몽상하는 일은 유쾌한 일이다…….

제천의 발자국 소리를 작곡하며 혼자 신이 나서 기뻐했다. 차디찬 것이 나의 뺨에…….

기괴한 휘파람 소리는 또다시 아궁이에서 생나무를 지피고 있다.

눈과 귀가 토끼와 거북이처럼 그 철조망을 넘어 수풀을 헤치며 갔다.

제일의 현지·녹이슨 금환·가을을 잊어버린 양치류의 눈물·훈유래왕

아침 해는 어스름에 등즙을 띄운다.

나는 제이의 현지에다 차디찬 발바닥을 문질렀다.

금환은 천추의 한을 돌길에다 물들였다. 돌층계의 각자는 안질을 앓고 있다……. 백발 노인과 같이……나란히 앉아 있다.

기괴한 휘파람 소리는 눈앞에 있다. 과연 기괴한 휘파람 소리는 눈앞에 있었다.

한 마리의 개가 쇠창살에 갇혀 있다.

양치류는 선사시대의 만국기처럼 쇠창살을 부채질하고 있다. 한가로운 아방궁의 뒤뜰이다.

문패—나는 이 문패를 간신히 발견해냈다고 하자.—에 연호 같은 것이 씌어져 있다.

새한테 쪼인 글씨 의외에도 나는 얼마간의 아라비아 숫자를 읽을 수 있었다.

황

시계를 보았다. 시계는 서 있다.

……먹이를 주자……. 나는 단장을 분질렀다. × 아문젠 옹의 식사와 같이 말라 있어라 × 순간,

……당신은 MADEMOISELLE NASHI를 잘 아십니까, 저는 그녀에게 유폐당하고 있답니다……. 나는 숨을 죽였다.

……아냐, 이젠 가망 없다고 생각하네……. 개는 구식처럼 보이는 피스톨을 입에 물고 있다. 그것을 내게 내미는 것이다……. 제발 부탁이네, 그녀를 죽여다오, 제발……하고 그만 울면서 쓰러진다.

어스름 속을 헤치고 공복을 운반한다. 나의 안 자루는 무겁다……. 나는 어떻게 하면 좋을까……. 내일과 내일과 다시

또 내일을 위해 나는 깊은 잠 속에 빠져들었다.

발견의 기쁨은 어찌하여 이다지도 빨리 발견의 두려움으로 또 슬픔으로 전환한 것일까, 이에 대해 나는 숙고하기 위해서 나는 나의 꿈까지도 나의 감실로부터 추방했다.

우울이 계속되었다. 겨울이 지나고 머지않아 실과 같은 봄이 와서 나를 피해 갔다. 나는 피스톨처럼 거무스레 수척해진 몸을 내 깊은 금침 속에서 일으키는 것은 불가능했다.

꿈은 공공연하게 나를 학사했다. 탄환은 지옥의 건초 모양 시들었다. ─건강체인 그대로─

(2)

나는 개 앞에서 팔뚝을 걷어붙여 보였다. 맥박의 몬테크리스토처럼 뼈를 파헤치고 있었다……. 나의 묘굴…….

사월이 절망에게 MICROBE와 같은 희망을 플러스한 데 대해 개는 슬프게 이야기했다.

꽃이 매춘부의 거리를 이루고 있다.

……안심을 하고…….

나는 피스톨을 꺼내 보였다, 개는 백발 노인처럼 웃었다……. 수염을 단 채 떨어져 나간 턱.

개는 솜을 토했다.

벌의 충실은 진달래를 흩뿌려 놓았다.

내 일과의 중복과 함께 개는 나에게 따랐다. 돌과 같은 비가 내려도 나는 개와 만나고 싶었다. ……개는 나를 기다리고 있을 것이다……. 개와 나는 어느새 아주 친한 친구가 되었다.

……죽음을 각오하느냐, 이 삶은 그대로 받아들이지 않을 수 없느니라……. 이런 값 떨어지는 말까지 하는 일이 있다, 그러나 개의 눈은 마르는 법이 없다, 턱은 나날이 길어져 가기만 했다.

(3)

가엾은 개는 저 미웁기 짝 없는 문패 이면밖에 보지 못한다. 개는 언제나 그 문패 이면만을 바라보고는 분만과 염세를 느끼는 모양이다. 그리고 괴로워하는 모양이다.

개는 눈앞에서 그것을 비예했다.

……나는 내가 싫다……. 나는 가슴속이 막히는 것을 느끼

지 않을 수 없었다. 그러나 그렇게 느끼는 그대로 내버려 둘
수도 없었다.

　……어디……?

　개는 고향 얘기를 하듯 말했다. 개의 얼굴은 우울한 표정
을 하고 있다.

　……동양 사람도 왔었지. 나는 동양 사람을 좋아했다, 나
는 동양 사람을 연구했다. 나는 동양 사람의 시체로부터 마
침내 동양 문자의 오의를 발굴한 것이다…….

　……자네가 나를 좋아하는 것도 말하자면 내가 동양 사람
이라는 단순한 이유이지……?

　……얘기는 좀 다르다. 자네, 그 문패에 씌어져 있는 글씨
를 가르쳐주지 않겠나?

　……지워져서 잘 모르지만, 아마 자네의 생년월일이라도
씌어져 있었겠지…….

　……아니 그것뿐인가……?

　……글쎄, 또 있는 것 같지만, 어쨌든 자네 고향 지명 같기
도 하던데, 잘은 모르겠어…….

　내가 피우고 있는 담배 연기가, 바람과 양치류 때문에 수
목과 같이 사라지면서도 좀체로 사라지지 않는다.

⋯⋯아아, 죽음의 숲이 그립다⋯⋯. 개는 안팎을 번갈아 가며 뒤채어 보이고 있다. 오렌지 빛 구름에 노스탤지어를 호소하고 있다.

한 사람이 사용하는 언어의 양과 숫자, 폭으로 그 사람을 평
가하게 된다.

　이상의 언어는 놀랍게도 세계에 가 닿는 울림이 있다. 과거
와 현재와 미래가 혼돈되어 혼란스럽기는 하지만, 이상의 정
신은 미세하게 세상의 곳곳에 가닿고, 또 반사된다. 천천히 이
시를 읽고 있으면 봄이 오는 숲속에 앉아 있는 것 같다. 그 숲
의 생명들은 작용과 반작용의 진행 속으로 빠져들며 끊임없이
새로운 질서를 찾아간다. '아아, 죽음의 숲이 그립다'.

단장

    실내의 조명이 시계 소리에 망가지는 소리 두 시
    친구가 뜰에 들어서려 한다 내가 말린다 16일 밤
    달빛이 파도를 일으키고 있다 바람 부는 밤을 친구는 뜰 한복판에서 익사하면서 나를 위협한다.
    탕 하고 내가 쏘는 일발 친구는 분쇄했다 유리처럼(반짝이면서)
    피가 도면(뜰의)을 거멓게 물들였다 그리고 방 안에 범람한다
    친구는 속삭인다
    ──자네는 정말 몸조심해야 하네──
    나는 달을 그을리는 구름의 조각조각을 본다 그리고 그 저편으로 탈환돼 간 나의 호흡을 느꼈다

    (○)

    죽음은 알몸뚱이 엽서나처럼 나에게 배달된다 나는 그 제한된 답신밖엔 쓰지 못한다.

(○)

양말과 양말로 감싼 발―여자의―은 비밀이다 나는 그 속에 발이 있는지 아닌지조차 의심한다

(○)

헌 레코드 같은 기억 슬픔조차 또렷하지 않다

'알몸뚱이 엽서'에는 '제한된 답신'밖에 쓰지 못할 것이다.

'발—여자의—은 비밀이다'.

'그 속에 발이 있는지 아닌지조차 의심한다'.

이 구절 읽기를 반복하다 보면 서서히 웃기 시작하고 웃음
은 서서히 얼굴 전체로 번진다.

객혈의 아침

사과는 깨끗하고 또 춥고 해서 사과를 먹으면 시려워진다.

어째서 그렇게 냉랭한지 책상 위에서 하루 종일 색깔을 변치 아니한다.

차차로—둘이 다 시들어간다.

먼 사람이 그대로 커다랗다 아니 가까운 사람이 그대로 자그마하다 아니 어느 쪽도 아니다 나는 그 어느 누구와도 알지 못하니 말이다 아니 그들의 어느 하나도 나를 알지 못하니 말이다 아니 그 어느 쪽도 아니다(레일을 타면 전차는 어디라도 갈 수 있다)

담배 연기의 한 무더기 그 실내에서 나는 긋지 아니한 성냥을 몇 개비고 부러뜨렸다. 그 실내의 연기의 한 무더기 점화되어 나만 남기고 잘도 타나 보다 잉크는 축축하다 연필로 아무렇게나 시커먼 면을 그리면 연분은 종이 위에 흩어진다

레코드 고랑을 사람이 달린다 거꾸로 달리는 불행한 사람은 나 같기도 하다 멀어지는 음악 소리를 바쁘게 듣고 있나 보다

　발을 덮는 여자 구두가 가래를 밟는다 땅에서 빈곤이 묻어 온다 받아 써서 통념해야 할 암호 쓸쓸한 초롱불과 우체통 사람들이 수명을 거느리고 멀어져 가는 것이 보인다 그리고 나의 뱃속엔 통신이 잠겨 있다.

　새장 속에서 지저귀는 새 나는 콧속 털을 잡아 뽑는다

　밤 소란한 정적 속에서 미래에 실린 기억이 종이처럼 뒤엎어진다

　하마 나로선 내 몸을 볼 수 없다 푸른 하늘이 새장 속에 있는 것같이 멀리서 가위가 손가락을 연신 연방 잘라 간다

　검고 가느다란 무게가 내 눈구멍에 넘쳐 왔는데 나는 그림자와 서로 껴안는 나의 몸뚱이를 똑똑히 볼 수 있었다

　알맹이까지 빨간 사과가 먹고프다는 둥

　피가 물들기 때문에 여윈다는 말을 듣곤 먹지 않았던 일이며

　나를 놀라게 한 것은 그 종자는 이제 심어도 나지 않는다고 단정케 하는 사과 겉껍질의 빨간색 그것이다

　공기마저 얼어서 나를 못 통하게 한다 뜰을 주형처럼 한 장 한 장 떠낼 수 있을 것 같다

나의 호흡에 탄환을 쏘아 넣는 놈이 있다

　　병석에 나는 조심조심 조용히 누워 있노라니까 뜰에 바
람이 불어서 무엇인가 떼굴떼굴 굴려지고 있는 그런 낌새
가 보였다

　　별이 흔들린다 나의 기억의 순서가 흔들리듯

　　어릴 적 사진에서 스스로 병을 진단한다

　　가브리엘 천사균(내가 가장 불세출의 그리스도라 치고)

　　이 살균제는 마침내 폐결핵의 혈담이었다(고?)

　　폐 속 페인트 칠한 십자가가 날이 날마다 발돋움을 한다

　　폐 속엔 요리사 천사가 있어서 때때로 소변을 본단 말이다

　　나에 대해 달력의 숫자는 차츰차츰 줄어든다

　　네온사인은 색소폰같이 야위었다

　　그리고 나의 정맥은 휘파람같이 야위었다

　　하얀 천사가 나의 폐에 가벼이 노크한다

　　황혼 같은 폐 속에서는 고요히 물이 끓고 있다

　　고무 전선을 끌어다가 성 베드로가 도청을 한다

　　그리곤 세 번이나 천사를 보고 나는 모른다고 한다

그때 닭이 홰를 친다―어엇 끓는 물을 엎지르면 야단야
단―

　　봄이 와서 따스한 건 지구의 아궁이에 불을 지폈기 때문
이다
　　모두가 끓어오른다 아지랑이처럼
　　나만이 사금파리 모양 남는다
　　나무들조차 끓어서 푸른 거품을 수두룩 뿜어내고 있는
데도.

무수한 생각들이 일어나 달리고 뛰고 난다. 날아다니며 부딪치고 깨지고 흩어지며 흩날린다. '사과는 깨끗하고 또 춥고 해서 사과를 먹으면 시려워진다.' 모든 삶은 한순간도 멈추지 않는다. 진행되고 있다. 잠든다고 해서, 생명의 진행이 중단된다는 말은 아니다. 생명의 순환과 질서에는 중지나 중단이 없다. 죽음도 삶의 진행이다.

오감도

시제1호

13인의아해가도로로질주하오.

(길은막다른골목이적당하오.)

제1의아해가무섭다고그리오.

제2의아해도무섭다고그리오.

제3의아해도무섭다고그리오.

제4의아해도무섭다고그리오.

제5의아해도무섭다고그리오.

제6의아해도무섭다고그리오.

제7의아해도무섭다고그리오.

제8의아해도무섭다고그리오.

제9의아해도무섭다고그리오.

제10의아해도무섭다고그리오.

제11의아해가무섭다고그리오.

제12의아해도무섭다고그리오.

제13의아해도무섭다고그리오.

13인의아해는무서운아해와무서워하는아해와그렇게뿐이모였소. (다른사정은없는것이차라리나았소)

그중에1인의아해가무서운아해라도좋소.

그중에2인의아해가무서운아해라도좋소.

그중에2인의아해가무서워하는아해라도좋소.

그중에1인의아해가무서워하는아해라도좋소.

(길은뚫린골목이라도적당하오.)

13인의아해가도로로질주하지아니하여도좋소.

모든 사람들이 달려들어 답을 찾고 싶어 하는 시여서 우리 시사에서 이 한 편의 시만큼 수많은 말을 탄생시킨 시도 없을 것이다. 그런데 내가 생각하기에는 도대체 이 시에서 무엇을 찾아내려고 그렇게 자기의 삶의 모든 역량들을 집중시켜 발휘하는지 나는 모르겠다. 그들이 그렇게 말했다. 나는 잘 모르겠다고.

'13인의아해가도로로질주하지아니하여도좋소.'

그렇게 애쓰지 않아도 나는 이 시가 좋소.

오감도

시제2호

　나의아버지가나의곁에서조을적에나는나의아버지가되
고또나는나의아버지의아버지가되고그런데도나의아버지는
나의아버지대로나의아버지인데어쩌자고나는자꾸나의아버
지의아버지의아버지의……아버지가되니나는왜나의아버지
를껑충뛰어넘어야하는지나는왜드디어나와나의아버지와나
의아버지의아버지와나의아버지의아버지의아버지노릇을한
꺼번에하면서살아야하는것이냐

'왜 드디어 나와 나의 아버지와 나의 아버지의 아버지와 나의 아버지의 아버지의 아버지 노릇을 한꺼번에 하면서 살아야 하는 것이냐'.

내가 지금 하고 싶은 말이다.

오감도

시 제3호

   싸움하는사람은즉싸움하지아니하던사람이고또싸움하는사람은싸움하지아니하는사람이었기도하니까싸움하는사람이싸움하는구경을하고싶거든싸움하지아니하던사람이싸움하는것을구경하든지싸움하지아니하는사람이싸움하는구경을하든지싸움하지아니하던사람이나싸움하지아니하는사람이싸움하지아니하는것을구경하든지하였으면그만이다

세상의 모든 것이, 그것이 지구가 어떻게 된다 해도, 그 구경을 구경하였으면 그만이다. '구경'이라는 말에 도달한 순간 나는 이상하게도 내가 나를 한번 구경하였으면 하는 생각이 드는 것이다. 하루 종일 말이다.

오감도

시제4호

환자의용태에관한문제.

```
• 0 9 8 7 6 5 4 3 2 1
0 • 9 8 7 6 5 4 3 2 1
0 9 • 8 7 6 5 4 3 2 1
0 9 8 • 7 6 5 4 3 2 1
0 9 8 7 • 6 5 4 3 2 1
0 9 8 7 6 • 5 4 3 2 1
0 9 8 7 6 5 • 4 3 2 1
0 9 8 7 6 5 4 • 3 2 1
0 9 8 7 6 5 4 3 • 2 1
0 9 8 7 6 5 4 3 2 • 1
0 9 8 7 6 5 4 3 2 1 •
```

진단 0·1

26·10·1931

이상 책임의사 이 상

「오감도 시제4호」는 이상이 스물다섯 살에 발표한 시다. 그 나이에 자기가 자기를 진단한 것이다. 오랜 후에 그의 후배들도 이런 숫자를 사용한 시를 쓰기도 한다.

오감도

시제5호

기후좌우를제하는유일의 흔적에있어서

익은불서 목대부도

반왜소형의신의안전에아전낙상한고사를유함.

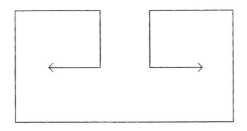

장부타는것은 침수된축사와구별될수있을는가.

1934년 7월 24일부터 8월 8일까지 〈조선중앙일보〉에 연재된 이상의 이 '난해시'들은, 30편을 계획했으나 '내용을 알 수 없다'는 독자들의 빗발치는 항의로 15편만 발표하고 조기 중단했다고 한다.

오감도

시제6호

앵무 ※ 2필

       2필

    ※ 앵무는포유류에속하느니라.

내가2필을아아는것은내가2필을아알지못하는것이니라. 물론나는희망할것이니라.

앵무   2필

'이소저는신사이상의부인이냐' '그렇다'

나는 거기서앵무가노한것을보았느니라. 나는부끄러워서 얼굴이붉어졌었겠느니라.

앵무   2필

       2필

물론나는추방당하였느니라. 추방당할것까지도없이자퇴 하였느니라. 나의체구는중축을상첨하고또상당히창량하여 그랬던지나는미미하게체읍하였느니라.

'저기가저기지' '나' '나의—아—너와나'

'나'

sCANDAL이라는것은무엇이냐. '너' '너구나'

‘너지’ ‘너다’ ‘아니다 너로구나’ 나는함

뿍젖어서그래서수류처럼도망하였느니라. 물론그것을아
아는사람혹은보는사람은없었지만그러나과연그럴는지그것
조차그럴는지.

솔직히 말하면 나도 이상의 「오감도」 읽기를 당장 관두고 싶다.

오감도

시 제7호

구원적거의지의일지·일지에피는현화·특이한사월의화
초·삼십륜·삼십륜에전후되는양측의 명경·맹아와같이희희
하는지평을향하여금시금시낙백하는 만월·청간의기가운데
만신창이의만월이의형당하여혼륜하는·적거의지를관류하
는일봉가신·나는근근히차대하였더라·몽몽한월아·정밀을
개엄하는대기권의요원·거대한곤비가운데의일년사월의공
동·반산전도하는성좌와 성좌의천렬된사호동을포도하는거
대한풍설·강매·혈홍으로염색된암염의분쇄·나의뇌를피뢰
침삼아 침하반과되는광채임리한망해·나는탑배하는독사와
같이 지평에식수되어다시는기동할수없었더라·천량이올때
까지

머리가 지끈거린다. 읽을수록 머릿속에 별 하나 뜨지 않는다. 읽어나가는 게 힘들다. '오감도烏瞰圖'도 말고 '조감도鳥瞰圖'를 쓰지. 조감도를 쓴다는 게 그만 오감도로 된 시다, 라는 몇몇 사람들의 견해도 있다.

오감도

시제8호 해부

제1부시험   수술대   1

                     수은도말평면경   1

                     기압   2배의평균기압

                     온도   개무

위선마취된정면으로부터입체와입체를위한입체가구비된전부를평면경에영상시킴. 평면경에수은을현재와반대측면에도말이전함. (광선침입방지에주의하여) 서서히마취를해독함. 일축철필과일장백지를지급함. (시험담임인은피시험인과포옹함을절대기피할것) 순차수술실로부터피시험인을해방함. 익일. 평면경의종축을통과하여평면경을이편에절단함. 수은도말2회.

ETC 아직그만족한결과를수습치못하였음.

제2부시험   직립한 평면경   1

                     조수   수명

야외의진실을선택함. 위선마취된상지의첨단을경면에부착시킴. 평면경의수은을박락함. 평면경을후퇴시킴. (이때영상된상지는반드시초자를무사통과하겠다는것으로가설함) 상지의종단까지. 다음수은도말. (재래면에) 이순간공전과자전으로부터그진공을강차시킴. 완전히2개의상지를접수하기까지. 익일. 초자를전진시킴. 연하여수은주를재래면에도말함 (상지의 처분) (혹은 멸형) 기타. 수은도말면의변경과전진후퇴의중복등.

ETC 이하미상

'ETC'라는 말의 뜻을 찾아보았더니, '등등'이다. 그곳에 갈 때는 종이, 볼펜, 마스크 '등'을 가지고 나가거라.

오감도

시제9호 총구

　매일같이열풍이불더니드디어내허리에큼직한손이와닿는다. 황홀한지문골짜기로내땀내가스며드자마자 쏘아라. 쏘으리로다. 나는내소화기관에묵직한총신을느끼고내다물은입에매끈매끈한총구를느낀다. 그리더니나는총쏘으드키눈을감으며한방총탄대신에나는참나의입으로무엇을내어배알았더냐.

이상은 폐병 환자였다. 폐병은 오한이나 발열이 심하다고 한다. '매일같이열풍이불더니드디어내허리에큼직한손이와닿는다'는 '열풍', '큼직한 손'이라는 말에서 이상이 심한 통증과 각혈에 시달리고 있었음을 짐작한다.

오감도

시제10호 나비

　찢어진벽지에죽어가는나비를본다. 그것은유계에낙역되
는비밀한통화구다. 어느날거울가운데의수염에죽어가는나
비를본다. 날개축처어진나비는입김에어리는가난한이슬을
먹는다. 통화구를손바닥으로꼭막으면서내가죽으면앉았다
일어서드키나비도날아가리라. 이런말이결코밖으로새어나
가지는않게한다.

'내가죽으면앉았다일어서드키나비도날아가리라. 이런말이
결코밖으로새어나가지는않게한다.'

　슬픈 시다. 나비는 시에서 환생하였다. 나비는 다시는 시에
앉지 않을 것이다. 그의, 시는 슬프다. 오래 슬플 것이다.

오감도

시제11호

그사기컵은내해골과흡사하다. 내가그컵을손으로꼭쥐었을때내팔에서는난데없는팔하나가접목처럼돋히더니그팔에달린손은그사기컵을번쩍들어마룻바닥에메어부딪는다. 내팔은그사기컵을사수하고있으니산산이깨어진것은그럼그사기컵과흡사한내해골이다. 가지났던팔은배암과같이내팔로기어들기전에내팔이혹움직였던들홍수를막은백지는찢어졌으리라. 그러나내팔은여전히그사기컵을사수한다.

'가지났던팔은배암과같이내팔로기어들기전에내팔이혹움
직였던들홍수를막은백지는찢어졌으리라.'

깨져 산산이 흩어질 것 같은 사기 컵을 쥐고 있는, 자기 자
신을 쥐고 있는 젊은 시인의 절망을 생각한다.

그는 시인 아닌가.

오감도

시 제12호

    때묻은빨래조각이한뭉텅이공중으로날아떨어진다. 그것은흰비둘기의떼다. 이손바닥만한한조각하늘저편에전쟁이끝나고평화가왔다는선전이다. 한무더기비둘기의떼가깃에묻은때를씻는다. 이손바닥만한하늘이편에방망이로흰비둘기의떼를때려죽이는불결한전쟁이시작된다. 공기에숯검정이가지저분하게묻으면흰비둘기의떼는또한번이손바닥만한하늘저편으로날아간다.

이상은 1937년에 죽었고 제2차 세계대전은 1939년에 일어
났다. 그가 태어난 1910년은 일제의 침략으로 한일병탄이 되
어 국권을 상실한 해다. 「오감도」 연작은 1934년에 쓴 시다.
국내외 상황은 병들었고 그 또한 개인적으로 심한 병에 시달
리고 있었다. 그리고 금홍이도 있었다. 어느 것 하나 편치 않
은 격동과 격랑 속에 둥둥 떠 있었다. 그는 흰 비둘기가 나는
하늘을 보고 싶었을까?

오감도

시제13호

내팔이면도칼을 든채로끊어져떨어졌다. 자세히보면무엇
에몹시 위협당하는것처럼새파랗다. 이렇게하여잃어버린내
두개팔을나는촉대세움으로내 방안에장식하여놓았다. 팔은
죽어서도 오히려나에게겁을내이는것만같다. 나는이런얇다
란예의를화초분보다도사랑스레여긴다.

'자세히보면무엇에몹시위협당하는것처럼새파랗다'.

새파랗게 질린 이상의 얼굴이 2020년 봄, 오늘 아침 우리들
의 얼굴 같다.

오감도

시제14호

    고성앞풀밭이있고풀밭위에나는내모자를벗어놓았다.

    성위에서나는내기억에꽤무거운돌을매어달아서는내힘과거리껏팔매질쳤다. 포물선을역행하는역사의슬픈울음소리. 문득성밑내모자곁에한사람의걸인이장승과같이서있는것을내려다보았다. 걸인은성밑에서오히려내위에있다. 혹은종합된역사의망령인가. 공중을향하여놓인내모자의깊이는절박한하늘을부른다. 별안간걸인은율률한풍채를허리굽혀한개의돌을내모자속에치뜨려넣는다. 나는벌써기절하였다. 심장이두개골속으로옮겨가는지도가보인다. 싸늘한손이내이마에닿는다. 내이마에는싸늘한손자국이낙인되어언제까지지지워지지않았다.

'포물선을역행하는역사의슬픈울음소리'.

'혹은종합된역사의망령인가'.

그의 시에는 역사라는 말이 자주 등장한다. 그가 역사라는 말을 할 때의 그 '역사'는 '등장'한다, 라는 말이 어울린다. 역사라는 말은 그의 시 속에서는 색다르게 빛난다. 그의 응축된 짧은 생, 시와 연애와 폐병은 우리가 살아냈던, 그 시대의 '종합판' 같다는 생각이 든다. 시대의 모든 어둠이 그에게 달라붙어 그를 괴롭혔을 것이다. 그는 시인 아닌가. 화가 구본웅이 그린 이상의 얼굴만큼 복잡한 자화상도 없을 것이다.

시인 냄새도 짙다.

오감도

시제15호

1

나는거울없는실내에있다. 거울속의나는역시외출중이다. 나는지금거울속의나를무서워하며떨고있다. 거울속의나는 어디가서나를어떻게하려는음모를하는중일까.

2

죄를품고식은침상에서잤다. 확실한내꿈에나는결석하였 고의족을담은 군용장화가내꿈의 백지를더럽혀놓았다.

3

나는거울있는실내로몰래들어간다. 나를거울에서해방하 려고. 그러나거울속의나는침울한얼굴로동시에꼭들어온다. 거울속의나는내게미안한뜻을전한다. 내가그때문에영어되 어있드키그도나때문에영어되어떨고있다.

4

내가결석한나의꿈. 내위조가등장하지않는내거울. 무능

이라도좋은나의고독의갈망자다. 나는드디어거울속의나에게자살을권유하기로결심하였다. 나는그에게시야도없는들창을가리키었다. 그들창은자살만을위한들창이다. 그러나내가자살하지아니하면그가자살할수없음을그는내게가르친다. 거울속의나는불사조에가깝다.

5

내왼편가슴심장의위치를방탄금속으로엄폐하고나는거울속의내왼편가슴을겨누어권총을발사하였다. 탄환은그의왼편가슴을관통하였으나그의심장은바른편에있다.

6

모형심장에서붉은잉크가엎질러졌다. 내가지각한내꿈에서나는극형을받았다. 내꿈을지배하는자는내가아니다. 악수할수조차없는두사람을봉쇄한거대한죄가있다.

나는 오감도의 마지막 편인 '시제15호'는 읽지 않고 남겨둘 것이다. 다 읽고 나면 내가 슬퍼 무릎이 꺾여 주저앉아 크게 울 것 같아서다.

왜 미쳤다고들 그러는지 대체 우리는 남보다 수십 년씩 떨어져도 마음 놓고 지낼 작정이냐. 모르는 것은 내 재주도 모자랐겠지만 게을러 빠지게 놀고만 지내던 일도 좀 뉘우쳐 보아야 아니하느냐. 여남은 개쯤 써 보고서 시 만들 줄 안다고 잔뜩 믿고 굴러다니는 패들과는 물건이 다르다. 이천 점에서 삼십 점을 고르는 데 땀을 흘렸다. 31년 32년 일에서 용 대가리를 딱 끄내어 놓고 하도들 야단에 배암 꼬랑지커녕 쥐 꼬랑지도 못 달고 그만두니 서운하다. 깜빡 신문이라는 답답한 조건을 잊어버린 것도 실수지만 이태준, 박태원 두 형이 끔찍이도 편을 들어준 데는 절한다.

철— 이것은 내 새 길의 암시요 앞으로 제 아무에게도 굴하지 않겠지만 호령하여도 에코가 없는 무인지경은 딱하다. 다시는 이런— 물론 다시는 무슨 다른 방도가 있을 것이고 위선 그만둔다. 한동안 조용하게 공부나 하고 딴은 정신병이나 고치겠다.

내가 엮은 이상의 시를 다 읽고 난 날은 2020년 5월 15일이다. 이날 나는 새벽 2시에 일어났다.

　엮은 시를 다 읽고 나서 고개를 돌려 밖을 보았더니, 어느새 날이 새고 있었다. 날은, 어둠은 얼마나 천천히 물러나는가. 산책을 갈 시간이다. 밖으로 나갔다. 산새들이 울고 있다. 꾀꼬리가 운다. 샛노란 꾀꼬리가 산을 건너며 울 때 나는 강을 건너 초록이 시작되는 밤나무 숲 아래 강 길을 걷는다. 시, 시는 어디서 태어나는가. 시는 누가 쓰는가. 시를 왜 쓰는가. 시를 써서 무엇을 하겠다는 건가. 삶의 질문만큼이나 복잡한 시에 대한 질문에, 나는 답이 없다. 세상에 답이 어디 있는가. 내 답을, 노란 꾀꼬리가 물어간다. 물고 가다가 '이게 아닌데' 하며 놓아버린들 어쩌랴. 나의 괴로움은 산이 다 알아서, 초록을 강에 버린다. 나는 괴로움이 없는 사람이다. 산책은 길어졌다. 너무 멀리 가지 말라. 오늘 비가 온다고 했다.

시인 이상은 내게 낯설지만, 그의 시는 내게 다정하였다. 다감하였다. 시인이 살던 시대는 오래전이나, 그의 시는 지금도 고개 돌리면, 내 강 길에 같이 있다. 그는 키가 크다고 한다. 나는 키가 작다. 수염 많은 그가 내 시 읽느라고 애썼다며 손을 내민다. 나는 그의 손을 잡는다. 길고 가늘고 흰 그의 손이 의외로 따스하였다. 거짓과 가식과 허위가 없어 비굴이 없는 인간의 손이다. 그의 얼굴을 올려다보며, 내가 물었다. 금홍씨는 잘 있냐고, 그가 희게 웃으며 내 손을 꽉 쥐어주었다. 그는 그의 각혈만큼이나 붉고 뜨거운 자기를 다 쏟아내고 흰 백지로 간 사람이다. 손등에 지구의 눈물 같은 빗방울이 떨어졌다. 우리는 과연 2020년 봄 이전으로 돌아갈 수 있을까!